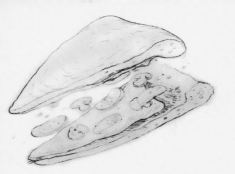

El sándwich de Carla

Escrito por Debbie Herman

Ilustrado por Sheila Bailey

Flashlight Press

Nueva York

A mi mamá, con cariño.
Gracias por nunca utilizar cebollas en mi comida. –DH

A mi querida Tía Sigrid, que siempre hizo los mejores sándwiches del mundo
con pan de cardamomo y queso de cabra. –SB

*Un agradecimiento especial a Becker, Fabio y Los Inversores.
¡Y a mis Amigos, por todo el apoyo que me brindaron! –DH*

Copyright de la versión en español © 2006, Flashlight Press
Edición en español: abril de 2006
Traducción de Rosario Pérez para Multinational Translating Service, Nueva York
Título original: Carla's Sandwich, copyright © 2004, Flashlight Press
Copyright del texto © 2004, Debbie Herman
Copyright de las ilustraciones © 2004, Sheila Bailey

Número de control de la Biblioteca del Congreso: 2005933576

ISBN 0-972-92256-3

Editora: Shari Dash Greenspan
Diseño gráfico: The Virtual Paintbrush
La composición tipográfica de este libro fue realizada por Skia.
Las ilustraciones fueron creadas con una combinación de acuarela y medios digitales.

Distribuido por Independent Publishers Group

Flashlight Press • 3709 13th Avenue • Brooklyn, NY 11218
www.FlashlightPress.com

Carla traía sándwiches raros a la escuela. Héctor fue el primero en darse cuenta,
un lunes que se sentó junto a Carla durante el almuerzo.

–¡Puaj! ¿Qué estás comiendo? –le preguntó–. ¡Es verde y baboso!

–Es un sándwich de aceitunas, pepinillos y habichuelas –dijo Carla–. Lo hice yo misma.
¿Quieres un poco? Traje de más.

–¡Ni loco! –dijo Héctor, apretándose la nariz–. ¡Es asqueroso!

–No es asqueroso –dijo Carla–. Es diferente. Me gusta ser diferente.

–**No** es diferente –dijo Héctor–. Es asqueroso. Y fue a sentarse junto a Leslie.

El martes Carla trajo un sándwich largo
con algo amarillo y blanco escurriéndose por los costados.
–¿Qué se supone que es eso? –preguntó Leslie.
–Es mi Delicia de banana y requesón –dijo Carla–, en un sabroso pan tostado.

—¿Bananas y requesón? —preguntó Leslie, sacando la lengua—. Eso es repugnante.
—No es repugnante —dijo Carla—. Es creativo.
—Es **repugnante** —dijo Leslie, y fue a sentarse junto a Martín.

El miércoles Carla trajo un sándwich abultado de color naranja y marrón,
que crujía cada vez que le daba un mordisco.
—¡Puff! —dijo Martín, que estaba sentado junto a ella—. ¿Qué es eso?
—Yo lo llamo Crujiente de Carla —dijo Carla—. Está hecho de mantequilla de maní,
galletas y queso cheddar en un riquísimo pan de pita. Traje de más. ¿Quieres un poco?

—¡Ni loco! —dijo Martín, arrugando la nariz—. ¡Es grotesco!
—No es grotesco —dijo Carla—. Es único.
—Es **grotesco** —dijo Martín. Y fue a sentarse junto a Marco.

El jueves Carla trajo un sándwich de hígado picado, papitas fritas y pepino.

El viernes trajo un sándwich de sardina y mostaza con semillas de girasol.

El lunes siguiente nadie quiso sentarse junto a Carla, por lo que comió sola.

Al finalizar el día, la señorita Pimienta hizo un anuncio:
—Mañana tendremos un picnic.
—¡Hurra! —gritaron todos—. ¡Un picnic! ¡Qué divertido!

Al día siguiente, cuando sonó la campana del almuerzo,
los niños corrieron a buscar sus viandas para el picnic.
—Tengo mantequilla de maní y mermelada —anunció Martín a toda la clase.
—Tengo fiambre —dijo Leslie.
—Atún —dijo Héctor—. Oye, Carla, ¿qué tienes tú?

Carla no respondió.

—Probablemente sea un sándwich de ketchup, espinaca y caramelos de gelatina —bromeó Héctor.

Él y Leslie rieron a carcajadas, al igual que Martín.

—¡No es cierto! —exclamó Carla.

—Pórtense bien —interrumpió la señorita Pimienta—, o no podremos salir de picnic.

De inmediato, la clase quedó en silencio.

Luego, los niños siguieron de dos en dos a la señorita Pimienta a lo largo del corredor, salieron a la calle y caminaron una cuadra hasta el parque.

—Muy bien, niños —dijo la señorita Pimienta—. Busquen un lugar para sentarse y ¡buen provecho!

Carla dio un mordisco a su sándwich.

—¡Puaj! —dijo Héctor, señalando el almuerzo de Carla—. ¿Qué es eso? ¿Un sándwich de gusanos?

—Para tu información —respondió Carla—, es un sándwich de lechuga, tomate, pasas,
brotes de soja, pretzels y mayonesa. Yo lo llamo Delicioso de lujo.
—¡Parece más bien un "**Gusanoso** de lujo"! —se burló Héctor.
Leslie y Martín estallaron en carcajadas.

En ese momento, Héctor rebuscó nerviosamente en su mochila. —Oh, oh —dijo bajito.
Y rebuscó un poco más.
—Oh, oh —dijo nuevamente, y esta vez tiró al suelo todo lo que traía en la mochila.
—No puedo creerlo —se lamentó Héctor—. Olvidé mi sándwich.
—Es terrible —dijo Leslie, mientras mordía su sándwich de fiambre.
—Qué mala suerte —agregó Martín, con la boca llena de mantequilla de maní y mermelada.

Pronto todos estaban comiendo. Es decir, todos menos Héctor.

Entonces, Carla miró a Héctor. Miró su sándwich y volvió a mirar a Héctor.

—Puedes tomar uno de los míos —le ofreció—. Traje de más.

Algunos niños rieron por lo bajo.

—No, gracias —respondió Héctor, malhumorado—. No estoy tan desesperado.

Doris comía su sándwich de ensalada de huevos y Rufus comía atún.
Herbert comía su sándwich de ensalada de salmón y Bárbara comía pavo.
A Héctor se le hacía agua la boca.
Miró el sándwich de Carla y pensó: —Tal vez los brotes de soja no sean tan horribles.
—En realidad, es muy rico —dijo Carla mirando a Héctor, quien desvió rápidamente la mirada.

Susana comía su sándwich de carne enlatada y Harris masticaba su taco.
Fabio comía su sándwich de pollo y Gordon comía su pastel de carne.
Héctor estaba cada vez más hambriento y su estómago gruñía ruidosamente.
—Las pasas son bastante divertidas —pensó—, ¿y a quién no le gustan los pretzels?

Marco comía su sándwich de queso y Darcy comía su rosca.
Héctor volvió a mirar fijamente el sándwich de Carla.
—No sabes lo que te estás perdiendo... —canturreó Carla.

Héctor ya no lo soportaba más. Miró a su alrededor
y vio que todos estaban muy ocupados comiendo.
Nadie lo estaba mirando.

—Está bien —le dijo a Carla en un susurro.

—¿Qué está bien? —preguntó Carla.

—Está bien, ¿puedo tomar uno? —susurró nuevamente.

—¿Puedes tomar un qué? —preguntó Carla.

Agotada su paciencia, Héctor gritó: —Por favor, ¿puedo tomar uno de tus sándwiches?

Todos lo miraron.

Carla sonrió y le alcanzó un Delicioso de lujo.
Héctor examinó cuidadosamente el sándwich de lechuga, tomate,
pasas, brotes de soja, pretzels y mayonesa.
Miró a Leslie, a Martín y a Carla.

Finalmente, probó un pequeño bocado.

Todas las miradas estaban clavadas en él mientras masticaba y tragaba.

—¿Y? —preguntó Leslie, ansiosamente.

—¿Y? —preguntó Martín.

Héctor no dijo ni una palabra.

Miró a todos y dio otro bocado.

Y otro. Y otro más.

—¡No puedo creer que esté comiendo eso! —dijo Martín con disgusto.
—¿Qué sabor tiene, Héctor? —preguntó Leslie—. ¿Es asqueroso?

Héctor no respondió.
Estaba demasiado ocupado comiendo.

Cuando terminó el último bocado, Héctor se chupó los dedos y chasqueó con la lengua.

–¡Ñam, ñam! –dijo–. ¡Es el mejor sándwich que he comido!

–¿En serio? –preguntó Martín, horrorizado.

–¿En serio? –preguntó Leslie, abatida.

–¡En serio! –respondió Héctor, sonriendo a Carla.

Carla estaba radiante.

—Estoy segura de que a todos les gustaría el Delicioso de lujo —dijo Carla—. ¿Quién quiere probarlo?

Lentamente, Leslie levantó la mano. Luego Martín levantó la suya,
seguido de Darcy, Susana, Rufus y Fabio.
Enseguida todos los niños tenían las manos en alto.
Carla tomó su último sándwich y lo cortó en pedacitos que repartió entre todos.

—¡Guau! —dijo Leslie al probar su pedazo—. ¡Es estupendo!

—¡Sí! —dijo Martín—. ¡Está riquísimo!

—Mañana yo también voy a traer un sándwich creativo —dijo Leslie—. Tal vez será
un sándwich de mostaza con frijoles cocidos y papas fritas. ¿Qué opinas, Carla?

—Me parece muy bien —dijo Carla—. Y es realmente creativo.

—Yo voy a traer un sándwich de espaguetis y salsa de soja —dijo Héctor mientras se sentaba junto a Carla.

—Ñam, ñam —dijeron Carla y Leslie al unísono.

—Todavía no sé qué voy a traer —dijo Martín—, pero va a ser único.

Al día siguiente, todos los alumnos de la señorita Pimienta llevaron un sándwich inusual a la escuela.
Había un sándwich de espárragos y aderezo para ensalada,
un sándwich de pistachos y tangerina, y hasta un sándwich de pizza.

—¿Qué trajiste hoy, Carla? —preguntó Héctor.
—No te voy a decir —respondió Carla—. Tendrás que esperar hasta la hora del almuerzo.

La mañana parecía interminable, pero finalmente sonó la campana del almuerzo.

Mientras saboreaba su sándwich de espaguetis y salsa de soja, Héctor miró a Carla.

Esta vez su sándwich no era verde.
No era baboso ni abultado y nada se escurría por los bordes.

–Entonces, ¿qué tipo de sándwich es ese? –preguntó Héctor.

–Dinos, Carla –agregó Leslie–. ¿Qué tiene adentro?

Martín miró a Carla esperando una respuesta.

–Bueno –dijo Carla–. Hoy traje... mantequilla de maní y mermelada.

–¿Mantequilla de maní y mermelada? –preguntó Héctor, incrédulo.

–¿Mantequilla de maní y mermelada? –preguntaron Leslie y Martín al mismo tiempo.

—Mantequilla de maní y mermelada —dijo Carla, dando un bocado a su sándwich—.
Me gusta ser diferente.